Princesse Olivia

croit au Prince Charmant

Cet ouvrage a initialement paru en langue anglaise en 2007
chez Orchard Books sous le titre :
Princess Olivia and the Velvet Cloak.

Adapté de l'anglais par Natacha Godeau

Mise en page et colorisation : Valérie Gibert et Philippe Sedletzki

Hachette Livre, 43 quai de Grenelle, 75015 Paris

Vivian French

Princesse Olivia

croit au Prince Charmant

Institution

pour Princesses Modèles

Devise de l'école :

Une Princesse Modèle
est honnête, aimable
et attentionnée.
Le bien-être des autres
est sa priorité.

Le Palais Rubis dispense un enseignement complet, éducation artistique comprise, à l'usage des princesses du Club du Diadème. Notre programme inclut :

- Concours de Créativité de la Fête de l'Amitié
- Cours de Composition Florale (roses sans épine)
- Cours de Danse et Prestance
- Visite du Salon Annuel de Joaillerie Royale (à l'occasion de l'anniversaire de notre chère directrice)

Notre directrice, la Reine Cornélia, assure une présence permanente dans les locaux. Nos élèves sont placées sous la surveillance de l'Enchanteresse en Chef Marraine Fée, et de son assistante Fée Angora.

Notre équipe compte entre autres :

• Le Roi Gaspard IV
(Président d'Honneur)

• Lady Arabelle
(Infirmière en Chef)

• Lady Constance
(Secrétaire de Direction)

• La Reine Mère Matilda
(Maintien, Bonnes Manières et Art Floral)

Les princesses du Club du Diadème
reçoivent des Points Diadème afin
de passer dans la classe supérieure.
Celles qui cumulent assez de points
au Palais Rubis accèdent
au Bal de Promotion, au cours
duquel elles se voient attribuer
leur prestigieuse Écharpe Rubis.
Les princesses promues intègrent
alors en quatrième année
le Château de Nacre,
notre établissement de très haut
niveau pour Princesses Modèles,
afin d'y parfaire leur éducation.

Le jour de la rentrée,
chaque princesse est priée
de se présenter à l'Académie
munie d'un minimum de :

- Vingt robes de bal (avec dessous assortis)
- Cinq paires de souliers de fête
- Douze tenues de jour
- Trois paires de pantoufles de velours
- Sept robes de cocktail
- Deux paires de bottes d'équitation
- Douze diadèmes, capes,
manchons, étoles, gants,
et autres accessoires indispensables.

Coucou !
Je suis Princesse Olivia,
de la Chambre des Coquelicots.
Sois la bienvenue au Palais Rubis !
Tu connais déjà Chloé, Jessica,
Marie, Maya et Noémie ?
Ce sont mes meilleures amies
et elles sont formidables !
Mais on ne peut pas en dire autant
des jumelles Précieuse et Perla…

Je sais : une Princesse Modèle ne doit
pas critiquer ses camarades.
Mais ces deux-là, ce sont vraiment des pestes !

À toutes les princesses qui travaillent dur à Hachette Children's Books, avec affection et reconnaissance, V. F.

Chapitre premier

— Ce n'est pas drôle ! soupire Jessica en s'affalant dans le canapé. Il ne se passe rien au Palais Rubis : il n'y a pas eu de bal depuis une éternité !

Jessica a raison : les journées se ressemblent toutes, en ce moment, à l'Académie. D'ailleurs, avec mes amies, nous passons notre temps libre à discuter dans la salle polyvalente. Exactement comme aujourd'hui !

Je me lève du canapé et je propose :

— Je peux aller regarder le panneau d'affichage, si vous voulez ?

C'est là que Lady Constance

accroche les informations de la Princesse Academy. Les changements d'emploi du temps, par exemple... ou les invitations !

— Inutile, bâille Maya. J'ai déjà vérifié, en venant ici. Il n'y a rien de nouveau... Sauf l'hiver qui arrive ! Lady Constance nous recommande d'enfiler des vêtements bien chauds avant de sortir.

— Vous croyez qu'il va neiger ? demande Noémie. Ça, au moins, ce serait amusant !

J'aperçois en effet de gros nuages gris, par la fenêtre. Mais j'aperçois aussi quelque chose d'étrange, dans la cour principale... J'appelle mes amies :

— Venez voir !

Elles se précipitent à la fenêtre. Dehors, les valets du Palais Rubis transportent de longues planches de bois.

— Qu'est-ce qu'ils peuvent bien construire ? s'étonne Chloé.

— C'est une estrade, remarque Jessica. Comme pour un spectacle…

Marie applaudit.

— Je suis sûre que ça va être

drôle ! À votre avis, qu'est-ce que ce sera ?

— Une pièce de théâtre, peut-être ? je réponds.

J'espère que je ne me trompe pas : j'adore le théâtre !

Mais voici que ces pestes de Précieuse et Perla entrent dans la salle polyvalente.

— C'est trop mignon ! persifle

Perla. Regarde, Précieuse, la bande des Coquelicots n'en croit pas ses yeux !

— Elles ne savent pas, pour la Démonstration Princière ! Mais nous, on est au courant depuis longtemps, se vante Précieuse. Pas vrai, Perla ?

— Oh, vrai de vrai ! Le Roi Rudolphe est tellement ami avec Mère qu'il lui dit tout ! Il vient demain nous enseigner comment réagir, quand un prince étale sa cape à nos pieds...

Noémie fronce les sourcils.

— Pourquoi est-ce qu'un prince ferait ça ?

— Il y a vraiment des filles qui ne connaissent rien ! s'écrie Précieuse avec un geste hautain. On lui explique ?

— Hors de question ! refuse Perla. Si Noémie ignore quelque chose d'aussi connu, elle n'est pas digne de faire partie de la Princesse Academy !

Puis, les horribles jumelles sortent vite de la pièce en jetant un regard méprisant et agacé à la pauvre Noémie. La porte claque très fort, et Jessica grimace en soupirant :

— Je suis sûre que demain, elles vont encore crâner et se pavaner !

— Pitié ! nous supplie alors

Noémie. C'est quoi, cette histoire de cape ?

— Une coutume princière, explique Maya. Quand un Prince Modèle remarque qu'une Princesse Modèle risque de salir ses chaussures dans une flaque de boue, il étale sa cape par terre pour qu'elle marche dessus !

Noémie n'en croit pas ses oreilles. Marie pouffe :

— C'est plutôt idiot, n'est-ce pas ?

— Surtout que c'est encore plus difficile de marcher sur une cape en velours mouillée que d'enjamber une flaque ! ajoute

Chloé. Voilà pourquoi le Roi Rudolphe vient nous montrer comment faire !

— Vous croyez qu'on devra essayer à tour de rôle ? lance Jessica.

Je saute de joie à cette idée ! Ce serait tellement bien, de marcher comme une véritable Princesse Modèle sur la cape d'un Prince Charmant !

Chapitre deux

Tu t'en doutes : le lendemain matin, on ne traîne pas au lit !

On descend à toute vitesse petit-déjeuner. Si vite que Lady Constance nous gronde en bas de l'escalier :

— « Une Princesse Modèle ne

saute jamais les dernières marches, même si elle est pressée ! » Je vous prie de remonter au premier étage, et de redescendre correctement !

— Nous sommes vraiment désolées, s'excuse Chloé.

Nous recommençons notre arrivée et, cette fois, Lady Constance nous permet d'aller au réfectoire.

Nous venons juste de nous servir des céréales lorsque la Reine Cornélia entre dans la salle.

— Mes chères princesses ! déclare-t-elle en brandissant son cornet acoustique. C'est un grand

jour : le Roi Rudolphe nous rend visite ce matin !

— On vous l'avait bien dit ! me souffle Perla par-dessus la table.

Notre directrice continue :

— Il organise une Démonstration Princière pour vous enseigner comment « Accepter de l'Aide avec Élégance ».

Là, les jumelles croisent les bras fièrement et nous toisent, comme pour dire : « Alors, qui avait raison ? »

Quand, tout à coup, elles se redressent sur leur chaise en entendant la Reine Cornélia ajouter :

— Et le Roi Rudolphe ne vient

pas seul… Un groupe d'élèves de la Prince Academy l'accompagne !

Je retiens un rire : à ces mots, Précieuse et Perla se mettent à lisser leurs cheveux et à arranger leur robe ! Mais Jessica chuchote :

— Vous avez vu ce que fait Perla ?

— Incroyable ! répond Maya. Elle renverse exprès sa tasse de thé sur sa robe !

À ce moment-là, Perla lève la main et s'écrie :

— Excusez-moi de vous interrompre, Votre Majesté. Mais j'ai eu un petit accident avec mon thé… Puis-je monter dans ma chambre pour me changer ?

— Comment ? s'étonne la Reine Cornélia. Vous voulez « monter vous coucher » ?

Notre vieille directrice est un peu sourde… Elle ne comprend jamais très bien ce qu'on lui dit ! Elle reprend :

— Mais avez-vous vu votre robe, Princesse Perla ? Elle est toute tachée ! Montez immédiatement vous changer, petite maladroite ! Une Princesse Modèle doit toujours être parfaite !

Perla court aussitôt vers sa chambre. Avec mes amies, nous nous dévisageons : nous savons bien pourquoi Perla a agi comme ça... Marie chuchote :

— Je vous parie qu'elle va enfiler sa plus belle robe de bal !

Pari gagné ! Dix minutes plus tard, alors que nous quittons le réfectoire, Perla revient dans une robe absolument magnifique : elle est en soie vert pâle, avec de fines bretelles. Elle est merveilleuse, c'est vrai... Mais pas pour aujourd'hui. On est en hiver et il fait très froid, dehors !

Précieuse est furieuse ! Elle se plaint :

— Moi aussi, j'aurais aimé me changer !

— Oui, et tu aurais bien fait... minaude sa sœur. Il faut être la plus élégante possible pour accueillir le Roi Rudolphe et les princes ! D'ailleurs, je vais aller les saluer immédiatement !

Et elle traverse le couloir en prenant des poses ridicules de star de cinéma ! C'est évident : elle veut être la première à rencontrer les princes. Précieuse serre les poings en grognant de jalousie, puis elle s'élance après sa sœur. Maya demande :

— Vous croyez que Perla s'est rendu compte du temps qu'il fait aujourd'hui ? Si elle sort habillée

comme ça, elle va geler sur place !

À cet instant, Marraine Fée nous rejoint dans l'entrée. Elle vient justement de la cour princi-

pale, où les valets ont fini de monter l'estrade.

— Princesses ! déclare-t-elle de sa grosse voix. Couvrez-vous bien,

surtout ! Il fait un froid de canard, ce matin !

Les jumelles passent alors devant elle, prêtes à sortir. Marraine Fée roule des yeux comme des soucoupes en apercevant la robe de Perla.

— Princesse Perla ! Mais... qu'est-ce que c'est que cette robe ?!

— J'ai fait un effort pour accueillir le Roi Rudolphe, se défend Perla. C'est la moindre des politesses pour recevoir un des amis de Mère !

— Un ami de votre mère ne voudrait certainement pas que vous attrapiez froid en sortant dans une tenue si légère, la corrige sévèrement l'Enchanteresse. Filez mettre quelque chose de plus chaud !

Folle de rage, Perla remonte aussitôt dans sa chambre. Comme mes amies, j'ai déjà mis mes bottes et ma cape d'hiver si moelleuse.

Quand elle passe devant moi, Perla me fusille du regard... Marraine Fée secoue la tête, puis elle vérifie que nous avons toutes nos vêtements chauds.

— Parfait, Princesses ! Le Roi Rudolphe et les princes viennent d'arriver. Allez vous asseoir en face de l'estrade. Après la Démonstration Princière, on vous distribuera des bols de chocolat et des tartines de miel !

Elle resserre le nœud de la cape de Maya et précise :

— Je suis sûre que c'est inutile de vous recommander de vous comporter en Princesses Modèles dignes de ce nom, mes chéries... La Reine Cornélia est très fière de vous, alors ne la décevez pas devant ses invités !

Chapitre trois

Lorsqu'on sort dans la cour principale, Perla est déjà installée au premier rang, juste devant l'estrade. Je ne sais pas comment elle a fait pour être là aussi vite !

Elle porte une longue cape en

velours vert que je ne connais pas. En tout cas, Perla est très jolie, comme ça ! À côté d'elle, Précieuse boude dans sa cape d'hiver habituelle...

Tandis qu'on s'assoit à nos places, je me demande pourquoi la Démonstration Princière doit avoir lieu dehors, alors qu'il fait si froid. Mais j'ai rapidement la réponse : quatre valets apportent de lourds seaux remplis d'eau et de terre...

— Merci bien, jeunes gens ! s'exclame le Roi Rudolphe en surgissant du fond de la cour. Pouvez-vous renverser tout cela au milieu

de la scène, s'il vous plaît ? Je veux une énorme flaque de boue !

Les valets obéissent. Le roi se frotte les mains et sourit :

— Parfait ! C'est exactement ce qu'il nous faut ! Et maintenant, où sont les volontaires ?

Un cortège de princes en veste de satin, pantalon et bas de

soie se présente alors ! Ils sont incroyablement élégants, avec leur cape en velours rouge et leur grand chapeau…

Ils s'approchent de nous, puis ils s'inclinent. Nous leur répondons

par une révérence. Moi, je vacille un peu sur mes jambes, je suis trop impressionnée… Précieuse et Perla, par contre, font une révérence parfaite !

— Soyez les bienvenus au

Palais Rubis, souffle Perla en battant des cils.

Le plus grand des princes est vraiment très beau. Il adresse un sourire lumineux à Perla et lui demande :

— Me feriez-vous l'honneur d'être ma partenaire, pour la Démonstration ?

— Oh, mais certainement ! se dépêche d'accepter Perla.

Elle jette un coup d'œil victorieux à Précieuse. Le Roi Rudolphe approuve d'un signe de tête et lance :

— Vous êtes Princesse Perla, n'est-ce pas ? Je connais bien

votre mère, ma chère enfant.

Perla minaude, mais le roi se retourne vers les princes sans faire attention à elle plus longtemps.

— Allons, allons, messieurs ! À votre tour d'inviter ces ravissantes princesses à vous aider pour la Démonstration !

Les princes hésitent, fixent leurs pieds. Ils sont très intimidés ! Enfin, ils se décident à avancer vers nous.

Et voici qu'un prince aux cheveux roux flamboyants et aux yeux bleu azur me tend la main !

— Me ferez-vous l'honneur d'être ma partenaire ?

— J'en serais ravie ! je réplique, rose de bonheur.

Je l'accompagne sur scène. En croisant Précieuse, je l'entends râler :

— C'est trop injuste ! C'est moi qu'il aurait dû choisir !

Elle me jette un regard méchant. J'essaie d'ignorer cette peste, mais j'aperçois Perla qui lui fait un clin d'œil d'un air rusé… Je remarque autre chose… Perla ne porte pas ses bottes, mais ses escarpins de bal à paillettes. Si jamais Marraine Fée s'en aperçoit, elle sera drôlement en colère !

— Que la Démonstration Princière commence ! déclare soudain le Roi Rudolphe. Prince Ferdinand, à vous de jouer !

Surtout, pensez bien à tout ce que je vous ai enseigné !

Je sens mes jambes trembler… Le Prince Ferdinand, c'est mon partenaire ! Et je n'ai aucune idée de ce que je dois faire !

J'ai du mal à respirer. J'essaie de me rassurer. Ça ne doit pas être si compliqué, après tout… Il va étaler sa cape sur la flaque de boue, je vais marcher dessus, et voilà tout ! Ce n'est pas grand-chose, finalement !

Bon, d'accord… Le Prince Ferdinand n'est peut-être pas aussi séduisant que le prince de mes rêves, mais il a vraiment l'air très gentil… Et je l'avoue : moi, Princesse Olivia, je crois au Prince Charmant !

Le problème, c'est que le Prince Ferdinand a tellement peur qu'il ne peut plus prononcer un seul mot !

J'attends qu'il parle, qu'il me propose son aide pour que je ne salisse pas mes bottes… mais rien. Il ne dit rien ! Comme un poisson hors de l'eau, il ouvre et referme la bouche sans qu'aucun son en sorte !

Je lui souris pour l'encourager. Mais c'est encore pire ! Maintenant, il est rouge comme une

pivoine et transpire à grosses gouttes. Il s'essuie même le front avec sa cape !

Le Roi Rudolphe fronce les sourcils. Il n'est pas content du tout !

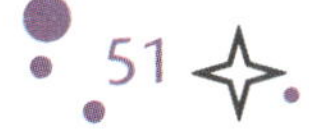

— Ce n'est pas vrai ! soupire-t-il. Puisque le Prince Ferdinand semble incapable de faire cette Démonstration, c'est le Prince Geoffroy qui s'en chargera !

Le prince en question est le partenaire de Perla. Il s'incline : il a vraiment l'air très prétentieux !

— Merci infiniment, Votre Majesté. La princesse et moi tâcherons de nous montrer à la hauteur... et de ne pas vous décevoir, nous !

Perla vient prendre ma place sur scène. En me croisant, cette peste me donne un grand coup de coude !

Je perds l'équilibre, bien sûr. Et avant même de réaliser ce qui se passe, je glisse, glisse, glisse sur la flaque de boue !

Chapitre quatre

Je ne sais pas par quel miracle je ne tombe pas !

Je mouline des bras dans tous les sens, je penche à droite, je penche à gauche… Je traverse la flaque en glissant, et je m'arrête brusquement sur le plancher sec.

Je ne suis pas tombée… mais je n'avais vraiment rien d'une gracieuse Princesse Modèle !

Précieuse et Perla se moquent de moi. Le bon côté, c'est que je ne suis pas entièrement recouverte de boue…

Le Roi Rudolphe est beaucoup trop poli pour rire. Les princes, par contre, ont bien du mal à s'en empêcher ! Seul le Prince Ferdinand a l'air plus choqué qu'amusé…

Vite, je m'incline avec respect devant le Roi Rudolphe et je bredouille :

— Accepterez-vous de me

pardonner, Votre Altesse ? Je suis vraiment désolée, j'ai trébuché…

— Princesse Olivia !

Ça, c'est la Reine Cornélia ! Et elle est hors d'elle ! Elle court dans ma direction en agitant son cornet acoustique.

— À quoi jouez-vous ?! Je suis scandalisée !

J'ai les genoux en compote ! Je tremble de peur ! Elle continue :

— Je viens vérifier que mes élèves se comportent en Princesses Modèles, et je vous trouve en

train de faire le clown devant tout le monde ! Qu'avez-vous à dire pour votre défense, Princesse ?

Je regarde le plancher, confuse. Je voudrais devenir une minuscule fourmi et me faufiler sous la scène ! Si j'explique que Perla

m'a poussée, je serais une terrible rapporteuse... Alors, je soupire :

— J'ai perdu l'équilibre, Votre Majesté, et...

— Je n'entends rien, Princesse ! m'interrompt sèchement la directrice. Vous marmonnez, c'est

monstrueux ! Mais comment avez-vous pu vous ridiculiser ainsi ? Vous me faites honte !

La Reine Cornélia bout de colère ! Elle m'ordonne :

— Rentrez immédiatement, Princesse Olivia. Attendez-moi dans le couloir, à la porte de mon bureau. Je vous rejoins dans un instant.

Je me sens rougir comme une tomate ! Vite, je quitte la scène, puis je me précipite à l'intérieur du Palais Rubis. Dans mon dos, la reine conseille à Geoffroy et Perla de reprendre la Démonstration Princière...

Moi, je me retiens de toutes mes forces de pleurer. Mais c'est trop dur…

Je renifle en traversant les couloirs vides de l'Académie. Je me demande bien ce qui va m'arriver. Peut-être que je vais perdre des centaines de Points Diadème ?

Je suis devant le bureau de notre directrice, à présent, et j'imagine des tas de punitions ! Je cherche un mouchoir au fond de ma poche, quand…

— Hum, hum !

Quelqu'un toussote derrière

moi, et une main me tend un grand mouchoir blanc !

Je me retourne...

Et je reste bouche bée devant le Prince Ferdinand ! Je dois avoir l'air très bête, la bouche ouverte comme ça, car il se met à sourire. Je bafouille :

— Qu'est-ce que vous faites là, Prince Ferdinand ? Je suis exclue de la Démonstration Princière, vous savez !

— Ce n'était pas votre faute, Princesse Olivia. J'ai vu cette méchante princesse vous pousser ! J'ai essayé d'en parler à la Reine Cornélia, mais elle a refusé de m'écouter et m'a fait signe de la laisser tranquille. Alors, je me suis dit que j'allais vous rejoindre et...

Il hésite une seconde avant de poursuivre tout bas :

— Et je voulais m'excuser parce que vraiment, je n'ai pas

été brillant, sur scène... Mais j'avais tellement le trac ! Ça m'a paralysé... Si je n'étais pas aussi timide, rien de tout ça ne serait arrivé !

— Merci mille fois, Prince Ferdinand, je réponds. Rassurez-vous, ce n'est pas grave : tout va bien.

— Non, ça ne va pas !

Il secoue la tête.

— Normalement, je suis un des meilleurs, en classe... Mais là, devant un public... Et des filles, en plus... !

Tout à coup, il a une idée. Il s'écrie :

— Pourquoi ne pas faire la Démonstration Princière ici ? Si je suis seulement avec vous, je n'aurai pas peur !

Ça alors, j'arrive à peine à y croire ! Je m'exclame :

— Comment ?! Vous voulez que je m'entraîne dans le couloir à marcher sur votre cape ?!

— Exactement !

Et le Prince Ferdinand s'incline respectueusement devant moi. Puis il retire avec classe sa longue cape en velours et l'étend à mes pieds en récitant :

— Princesse Olivia, me ferez-vous la faveur de vous aider à

traverser cette horrible flaque de boue ?

— Avec joie, Prince Ferdinand ! je réplique d'un ton de Princesse Modèle. Je vous en serais même très reconnaissante !

À ces mots, j'avance avec grâce

sur la cape en velours… Jusqu'au Prince Ferdinand qui m'attend en souriant.

— Bravo, Princesse Olivia ! me félicite-t-il. Je savais que vous réussiriez !

— Mais bien sûr ! résonne alors

une grosse voix, au fond du couloir. Princesse Olivia est une excellente élève !

C'est Marraine Fée ! Elle se dirige vers nous à grands pas, et le Prince Ferdinand se mord les lèvres, inquiet…

— Pas de panique, je me dépêche de le rassurer. Marraine Fée est une magicienne formidable !

— Je suis peut-être formidable, mais pourriez-vous me dire pourquoi vous privez vos petits camarades d'une Démonstration Princière d'une telle qualité, en vous cachant ici ?

Je baisse le nez, mal à l'aise... Le Prince Ferdinand, lui, se redresse et explique :

— Eh bien voilà... Par malheur, Princesse Olivia a trébuché, sur scène, pendant la Démonstration. Mais elle n'est pas tombée ! Elle a glissé sur la boue en agitant les bras pour garder l'équilibre. Seulement, la Reine Cornélia s'est imaginé que la princesse faisait le clown, alors elle l'a renvoyée au Palais Rubis.

Là, mon prince prend une profonde inspiration et termine :

— C'est trop injuste ! Princesse Olivia n'y était pour rien ! C'est cette méchante princesse, qui l'a poussée exprès. J'étais juste à côté d'elles, j'ai tout vu ! Olivia ne la dénoncera jamais, bien sûr : elle est trop gentille… Alors moi, je le fais à sa place !

— Oui, je comprends, approuve Marraine Fée.

Soudain, une étrange lueur passe dans son regard. Elle ajoute d'un ton mystérieux :

— Je pense que nous devrions malgré tout aller jeter un coup d'œil à ce qui se passe dans la cour principale, mes enfants…

Et elle nous emmène dehors, le Prince Ferdinand et moi !

Chapitre cinq

Nous arrivons juste au moment où Perla glisse sur la boue, à cause de ses escarpins de bal. Elle se rattrape au bras du Prince Geoffroy… et l'entraîne avec elle ! Tous les deux s'écroulent sur la cape en velours pleine de boue !

— Oh non ! hurle Perla. Espèce de prince idiot et maladroit ! À cause de vous, ma belle robe est fichue, maintenant !

Elle se relève : elle est toute

couverte de boue, en effet ! Perla pousse un cri perçant et se sauve en vitesse au Palais Rubis, en claquant la porte d'entrée derrière elle.

Tout le monde se met à parler en même temps, dans la cour. Quel bazar ! Alors, Marraine Fée s'approche de l'estrade et brandit sa baguette magique en lançant :

— Nous ferions mieux de tout reprendre depuis le début !

Elle agite sa baguette : une pluie d'étincelles nous entoure… Et voici que le Prince Ferdinand et moi, nous nous retrouvons sur scène, exactement comme tout à l'heure !

Stupéfaits, nous nous frottons les yeux… Non, nous ne rêvons pas ! Marraine Fée nous a transportés dans le temps. Nous sommes revenus à notre point de départ ! Nous avons droit à une seconde chance !

— Que la Démonstration Princière commence ! déclare le Roi Rudolphe. Prince Ferdinand, à vous de jouer ! Surtout, pensez

bien à tout ce que je vous ai enseigné !

Le prince me fait un sourire complice en me tendant la main. Puis il récite :

— Princesse Olivia, me ferez-vous la faveur de vous aider à traverser cette horrible flaque de boue ?

— Avec joie, Votre Altesse ! je réplique d'un ton de Princesse Modèle. Je vous en serais même très reconnaissante !

Et devine quoi ? J'avance avec grâce sur la cape en velours, jusque de l'autre côté de la flaque. Et sans catastrophe, cette fois-ci !

Exactement comme dans le couloir de l'école, tout à l'heure !

Tout le monde nous applaudit, dans la cour principale. C'est un vrai triomphe ! Devant la scène, au dernier rang, je vois la Reine

Cornélia lever son cornet acoustique avec fierté.

— Marraine Fée, commande-t-elle à haute voix. Donnez vingt Points Diadème à Princesse Olivia, je vous prie !

— Avec plaisir, Votre Majesté, répond l'Enchanteresse.

De loin, elle me fait un clin d'œil malicieux. Quel bonheur !

Je retourne m'asseoir à ma place, et je réalise soudain que je me suis trompée... Tout n'est pas exactement pareil que tout à l'heure, finalement : cette fois, Perla n'est pas encore là.

Deux minutes plus tard, elle

arrive en courant. Elle vient de sa chambre, où elle était remontée enfiler sa cape. Et pas que sa cape, d'ailleurs !

Alors qu'elle se faufile sans bruit vers son fauteuil, je remarque qu'elle ne porte pas ses escarpins en satin… mais ses bottes d'hiver, comme nous toutes !

Chapitre six

C'est un peu long, d'attendre que chaque prince et chaque princesse passent sur scène.

Mais à la fin, des valets nous apportent comme promis des bols de chocolat fumant et des tartines de miel. Il n'y a rien de mieux au monde, pour se réchauffer !

Nous terminons juste de boire notre chocolat, quand le Roi Rudolphe remonte sur l'estrade et frappe dans ses mains pour attirer notre attention.

— Chères Princesses et chers Princes, commence-t-il. La Reine Cornélia et moi-même sommes enchantés de vos performances. Nous tenons sincèrement à tous vous féliciter ! Et pour vous récompenser, nous avons demandé à l'Orchestre de la Prince Academy de venir jouer ici en votre honneur !

Quelle bonne nouvelle ! Le roi continue :

— Dès que l'estrade sera nettoyée, les musiciens s'installeront et... en avant pour le bal ! Parole de Roi, cela vous réchauffera encore mieux que ce délicieux chocolat !

Il n'a pas tort ! À peine installés, les musiciens se mettent à jouer une polka entraînante...

Je n'ai jamais rien entendu d'aussi rythmé ! Et tu sais quoi ?

La première princesse qui est invitée à danser... Eh bien oui, c'est moi !

Mon cavalier, le Prince Ferdinand, m'attrape par la main, et m'entraîne en virevoltant à travers la cour principale !

C'est tellement amusant ! Il me dit en riant :

— Vu votre façon de glisser dans la boue sans tomber, chère Princesse Olivia, je me doutais que vous seriez une danseuse fabuleuse !

Je ris de bon cœur avec lui. Il ajoute :

— Au fait : je n'ai jamais le trac, quand il s'agit de danser !

— Moi non plus, cher Prince Ferdinand !

Et nous valsons, tournoyons ensemble jusqu'à ce que nous n'ayons plus de souffle !

Alors, je vais me reposer un moment avec mes amies de la Chambre des Coquelicots...

Je suis la princesse la plus chanceuse de l'univers !

Tu imagines ? J'ai cinq amies

merveilleuses qui partagent ma chambre et j'ai rencontré un vrai Prince Charmant...

Et puis, j'ai aussi une autre amie formidable, maintenant : toi !

FIN

Que se passe-t-il ensuite ?
Pour le savoir, regarde vite
la page suivante !

L'aventure continue à la Princesse Academy avec Princesse Maya !

C'est l'anniversaire de la Reine Cornélia !
Pour fêter cet événement,
la Chambre des Coquelicots visite
le Salon Annuel de Joaillerie Royale.
Princesse Maya est chargée de trouver
le cadeau idéal pour la Reine.
Facile ?
Pas quand Précieuse et Perla l'accusent
d'avoir volé l'argent…

Les as-tu tous lus ?

Retrouve toutes les histoires de la
Princesse Academy dans les livres précédents.

Princesse Charlotte ouvre le bal

Princesse Katie fait un vœu

Princesse Daisy a du courage

Princesse Alice et le Miroir Magique

Princesse Sophie ne se laisse pas faire

Princesse Émilie et l'apprentie fée

Saison 2 : les Tours d'Argent

Princesse Charlotte et la Rose Enchantée

Princesse Katie et le Balai Dansant

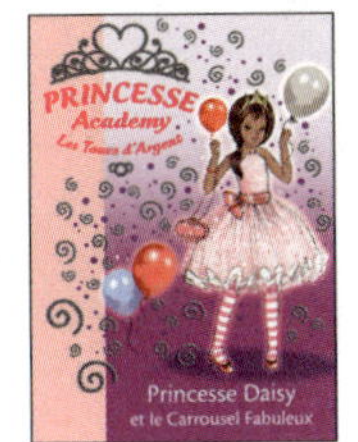

Princesse Daisy et le Carrousel Fabuleux

Princesse Alice et la Pantoufle de Verre

Princesse Sophie et le bal du Prince

Princesse Émilie et l'Étoile des Souhaits

Saison 3 : le Palais Rubis

Princesse Chloé entre dans la danse

Princesse Jessica a un cœur d'or

Princesse Marie garde le sourire

Table

« Pour l'éditeur, le principe est d'utiliser des papiers composés de fibres naturelles, renouvelables, recyclables et fabriquées à partir de bois issus de forêts qui adoptent un système d'aménagement durable. En outre, l'éditeur attend de ses fournisseurs de papier qu'ils s'inscrivent dans une démarche de certification environnementale reconnue. »

Composition **JOUVE** – 45770 Saran

Imprimé en France par Jean-Lamour - Groupe Qualibris
Dépôt légal : juillet 2008
20.02.1627.7/01 – ISBN 978-2-01-201627-9
Loi n°49-956 du 16 juillet 1949
sur les publications destinées à la jeunesse